# O VIGÉSIMO PRIMEIRO CAVALEIRO

# O vigésimo Primeiro Cavaleiro

ALDIVAN TORRES

Canary Of Joy

# CONTENTS

1 - "O Vigésimo Primeiro Cavaleiro"    1

**1**

# "O VIGÉSIMO PRIMEIRO CAVALEIRO"

Aldivan Teixeira Torres
O Vigésimo Primeiro Cavaleiro

Autor: Aldivan Teixeira Torres
©2018-Aldivan Teixeira Torres
Todos os direitos reservados
Aldivan Teixeira Torres

Este livro eletrônico, incluindo todas as suas partes, é protegido por Direito de autor e não pode ser reproduzido sem a permissão do autor, revendido ou transferido.

Formação acadêmica: Licenciatura em Matemática com Especialização na mesma área

---

---

Aldivan Teixeira Torres, natural de Arcoverde, é um escritor consolidado em vários gêneros. Até o momento tem títulos publicados em nove línguas. Desde cedo, sempre foi um amante da arte da escrita tendo consolidado uma carreira profissional a partir do segundo semestre de 2013. Espera com seus escritos contribuir para a cultura Pernambucana e brasileira, despertando o prazer de ler naqueles que ainda não tenham o hábito. Sua missão é conquistar o coração de cada um dos seus leitores. Além da literatura, seus gostos principais são a música, as viagens, os amigos, a família e o próprio prazer de viver. "Pela literatura, igualdade, fraternidade, justiça, dignidade e honra do ser humano sempre" é o seu lema.

"O vigésimo Primeiro Cavaleiro"

Convocação
O Primeiro Cavaleiro
Saint Paul De Vence, França.
"Estudos Secretos"
"O Divino está em mim"
"A escolha errada"
Um Deus universal
A escravidão Social
O trabalho do Injusto
Os vários desertos

## Convocação

"Acorde, Aldivan! Olha a hora!

O vidente se remexe na cama aborrecido. Olha para um lado e para o outro, mas não vê ninguém. Conclui ter sido a voz do seu protetor. Por várias vezes na sua vida ocorria aquele fenômeno especial. Considerava isto um sinal de estima divina. Quantas vezes não fora salvo do perigo por esta intuição? O poderoso soldado da legião "Ikiriri" não descansava. Prontamente, resolve obedecer a este chamado.

Com um grande esforço, levanta-se do seu santuário. Os primeiros passos em volta do seu quarto revelam um tom preocupado e cauteloso apesar de estar em plenas férias. O que lhe reservava agora o destino diante deste chamado tão misterioso? Não tinha a menor ideia. Conquanto, não era um problema a ocupar sua mente no momento. Seu estômago ronca e o suor escorre sobre o peito. Ele tinha que agir.

Com paciência, pega o Xampu, o sabonete, o creme de barbear, o barbeador, e a toalha. Pé ante pé, ultrapassa a porta que dá acesso ao muro de sua humilde residência. Próximo dali, já escuta a algazarra na cozinha. Sente-se inundado de felicidade por reconhecer naquele um grupo familiar com problemas comuns, mas com unidade e respeito. Seguindo, avança um pouco entrando logo depois na toalete.

Ali era seu reduto. Construído com o suor do seu trabalho, era um ambiente de intimidade. Tudo ali era simples e no seu bom gosto: O vaso sanitário, a pia, os acessórios, o piso e até a pintura tinha um pouco dele. Como diz o ditado, se sentia "O Rei de seu Lar".

Ao se colocar debaixo do chuveiro, abre a torneira deixando escorrer a água fria sobre o corpo. O exercício relaxa sua mente e seus sentidos. Num lapso de segundos, sua psique viaja por mundos desconhecidos aos olhos dos homens vendo sinais do destino. Apesar do pouco tempo, isso lhe deixa ainda mais intrigado e com novas perspectivas.

Mais tranquilo, prossegue com o banho propriamente dito. Além de lavar o corpo, a tarefa rejuvenescia sua alma tão sofrida. Eram muitas questões em torno disso: as decepções no amor, o medo da rejeição, os conflitos profissionais, o amontoamento de tarefas, a falta de amigos, a incerteza no mundo literário e o perigo das escolhas erradas. Às vezes, ficava difícil compreender exatamente a missão e o dom. Ser vidente era um prêmio e um carma em simultâneo.

Com um momento voluntário, fecha a torneira. Sentia nisso como se fosse um marco. Um reinício de ciclo sem volta. Diferentemente do passado, não aceitaria o fracasso como desculpa para não tentar.

Concluído o banho, aproxima-se da pia onde apara sua barba. Não era uma tarefa glamourosa. Porém, necessária para manter o asseio do corpo. Após, veste a toalha. Seguro, realiza o pequeno trajeto de volta ao seu quarto.

Neste ambiente usa roupas limpas e um perfume arrasador. Com tudo pronto, sai novamente. Atravessa o muro e chega à cozinha. Reúne-se com seus familiares num ambiente de companheirismo e confraternização. As conversas sobre assuntos gerais rolam soltas, mas Divine nem sequer presta atenção. Ocupa-se em comer de modo a sanar sua fome.

Em dado instante, ouve uma voz fina a lhe chamar. Reconhece na hora de quem se tratava. Não podia, pois, deixa-lo esperando. Com um movimento preciso, levanta da cadeira se dirigindo até a sala. Ao abrir a porta, tem uma bela surpresa.

"Vocês aqui?

"Os anjos me contataram. Precisamos de seu auxílio, poderoso vidente" respondeu Renato.

"Há um buraco no espaço-tempo. Precisamos encontrar o vigésimo primeiro cavaleiro. Só ele conseguirá solucionar a questão" Esclareceu Rafael Potester.

"Temos pouco tempo para isso" Complementou Uriel Ikiriri.

"Como? O quê? Não estou entendendo nada" diz o confuso pequeno sonhador.

"Calma. Explicarei. Há um tempo, os vinte mais poderosos videntes da Terra se reuniram no mundo espiritual. O Objetivo era salvar o mundo da catástrofe final. Através da união deles, provocaram uma corrente de distúrbio temporal. É certo que a paz reinou na terra. Mas a que preço? Agora precisamos localizar o vigésimo primeiro na lista, o mais poderoso de todos. Este é o portador de toda a verdade" esclareceu o arcanjo.

"Pensamos que teria alguma ideia. Com seus dons, pode ver algo" Insinuou Uriel.

"Estou disposto a ajudar da melhor maneira possível" Prontificou-se Divine.

"Muito bem! Eu também. Vá arrumar suas coisas. Vamos fazer viagens" Anunciou Renato.

"Ótimo! Só um instante" pediu o broto do Sertão.

Atravessando toda a casa e o muro, o vidente retorna ao quarto. Apressadamente, compõe sua mala com objetos essenciais. Com tudo pronto, sai do quarto e despede-se dos familiares. Sem mais perguntas, parte com seus amigos rumo ao destino ignorado. O que estava por acontecer? É o que conferimos em seguida.

## O Primeiro Cavaleiro

A trupe da série "O Vidente" atravessou todo o terreno, dobrou a direita, seguiu e em seguida à esquerda. Começaram a percorrer o caminho misterioso do Climério. O que aconteceria? Que surpresas os esperavam? Havia algo tenebroso, misterioso e obscuro no meio das palavras dos Arcanjos. Algo que não podia ser explicado. Pelo menos não nesse momento.

Restava a confiança e a tranquilidade de várias aventuras cumpridas anteriormente. Não havia ninguém mais preparado do que o pequeno sonhador para enfrentar situações de risco. Cientes disso, seus amigos encontravam nele um apoio em todos os momentos de necessidade.

Em dado ponto do percurso, os anjos forçam uma parada. Ante os olhares curiosos dos amigos, explicam:

"É chegada a hora. Os poderosos videntes clamam por ajuda. Vocês precisam ir. Efetuaremos a ponte" Disse Rafael.

"Estaremos invisivelmente os protegendo. Não tenham medo! "Assegurou Uriel.

"Como será isso? Questionou Renato.

"Nós dois? Para onde? "Perguntou o vidente.

"Nada de perguntas. Apenas sintam a força do destino atuando! "Bradou Rafael.

Os dois anjos se abraçam. Suas asas

batem freneticamente o que faz à terra tremer. Uma luz azul e branca preenche o local. No instante seguinte, já não podiam ver nada. Um túnel se apresenta a frente e eles seguem em sua direção. Ao passar pela abertura, sentem-se tontos, cansados e perdidos. Gradualmente vão perdendo o controle e a consciência. Era como se não existissem...

No fim da linha uma luz...

SAINT PAUL DE VENCE, FRANÇA.
19 de março de 2018

Nos encontramos nas ruas estreitas deste famoso povoado europeu. Caminhando sem destino, aproveitamos para observar o derredor desconhecido. Tudo ali era muito especial: A arquitetura, o povo alegre, as ruas esteticamente desenhadas, o relevo, o clima ameno contrastando com nossa ansiedade e nervosismo. Afinal, o que fazíamos ali?

Após uma caminhada de meia hora em função do conhecimento, paramos num restaurante. Sentamos ao redor das mesas centrais, avaliamos o cardápio e fazemos o pedido logo em seguida: suco e hambúrguer. Esperamos uns dez minutos. Assim que é entregue o alimento, comemos tranquilamente por quinze minutos. Já refeitos, trocaremos algumas poucas palavras.

"Como está se sentindo nobre Renato?

"Um pouco estranho e você?

"Estou confuso. É um pouco diferente de nossa realidade.

"Estamos na França. Qual o próximo passo?

"Não tenho ideia. Tem alguma sugestão?

"Nenhuma. Precisamos saber o significado das coisas. "O cavaleiro em si".

"Exato.

Um silêncio constrangedor paira entre eles. De repente, um senhor da mesa oposta os analisa de cima a baixo. Sem qualquer explicação, se levanta e vai se aproximando. A expectativa em relação a isso é bem alta.

"Com licença, senhores. Eu ouvi falar algo sobre cavaleiro?

"Sim! "Confirma Renato.

"Somos do Brasil e buscamos o primeiro cavaleiro.

"Certo. Creio que possa ajudar. Acompanhem-me.

Ainda incrédulos, a dupla dinâmica pagou as despesas e em sequência acompanhou o desconhecido pelas ruas bucólicas do arruado. Atravessando as poucas ruas, o novo amigo ia explicando um pouco da história local: as tradições, cultura e os costumes. Tudo era muito novo e fantástico para os visitantes e aliado com o aspecto medieval local os transportava a um mundo de sonhos. Será que aquilo estava realmente acontecendo?

De modo a verificar, O vidente dá um beliscão no guia e ele prageja de dor.

"O que está fazendo? Está maluco?

"Desculpe, estava querendo tirar uma dúvida.

"Pode ir se acostumando. O vidente é um entusiasta" Afirmou Renato em risos.

"Está bem. Adoro surpresas engraçadas" Relevou Denis.

Uma sensação de paz e tranquilidade reinou entre eles. Tudo ficara bem. Atravessando boa parte do povoado numa marcha regular, o trio chega em frente a um pequeno sítio circundado pelos muros tradicionais. A casa feita de madeira, baixa, estreita e curta dava um aspecto de sutileza e gentileza nos moldes franceses. Viva a Europa antiga!

Eles ficam em frente a morada. Pegando a chave no bolso, o anfitrião a experimenta na porta. Pouco depois, já entravam em seu recinto. A residência é composta de cinco cômodos: dois quartos, sala, cozinha e banheiro. Na parede, quadros pintados no estilo da renascença. Distribuídos pelos vãos, há três esculturas modernas: O pensador, um dia na fazenda e Nostradamus. Em relações aos móveis, a maioria é de madeira bem simples. Destacam-se também cortinas com figuras interessantes e um armário cheio de livros. À primeira vista, os gostos agradaram aos turistas.

A um sinal, se acomodam no sofá da sala. Havia algo a ser conversado.

"Quer dizer que procuram o primeiro cavaleiro? Contem-me mais.

"Somos do interior do Brasil. Sou autor da incrível série o vidente, uma saga literária com muita aventura. Fui procurado por amigos. O objetivo é ajudar vinte videntes em toda à terra" Esclareceu Divine.

"Através duma viagem proporcionada por anjos, estamos aqui. Não temos exatamente a explicação disso" Completou Renato.

"Entendo. Muito interessante. Já li algo sobre isso. Sou um pouco intuitivo" Revelou Denis.

"Porque a estátua de Nostradamus? Isto me chamou a atenção" Observou Aldivan.

"Sou descendente dele. Sou herdeiro dum pouco de seu espírito" Contou Denis.

"Quer dizer que... (Suspirou o vidente)

"Talvez eu seja a pessoa que procuram" Concluiu o anfitrião.

Um misto de surpresa e encantamento é produzido nos visitantes. Quer dizer que a providência divina os direcionara ao ponto certo? Por essa não esperavam após um período de dúvidas. Um instante depois, após recuperar-se, a conversa é retomada.

"Como será isso? "Indagou o vidente.

"Que caminho devemos seguir? "Questionou Renato.

"Sou uma das pontes. Tenho os segredos ao meu alcance. No entanto, não consigo entende-los. Preciso de você" Concluiu Denis.

Uma breve pausa se sucedeu. O trio estava adentrando num caminho perigoso sem volta. Será que era prudente mexer no destino? Quais eram as vantagens e desvantagens disso? Era necessário avaliar a situação por inteiro para poderem tomar o melhor rumo. A palavra de ordem é aprendizado.

"Querem um chá com bolachas? "Ofereceu o anfitrião.

"Adoro! "Exclamou Divine.

"Gosto muito" Confirmou Renato.

"Pois bem! Esperem um instante que trarei.

Denis se levantou e foi até a cozinha. Seu semblante introspectivo e fechado revelava um homem sério, tranquilo e decidido. Por anos não entendia bem o que acontecia com ele. A visita dos estrangeiros era uma boa oportunidade de recomeço.

Pega um pacote de bolachas no armário e uma garrafa de chá posta na mesa. Faz o caminho de retorno até a sala esperando aumentar o entrosamento com seus novos amigos.

A comida é servida. Fazem uma oração rápida agradecendo o alimento e depois começam a comer. Enquanto comem, refletem um pouco sobre suas próprias vidas atribuladas. Ao término da alimentação, sentem-se prontos para continuar.

"Vamos comigo? Ficarei no sítio. É um local sagrado onde tenho minhas profecias" Convidou Denis.

"Ótima ideia! "Analisou Renato.

"Boa! "Concordou o Vidente.

O trio pegou os materiais necessários a este pleito. Com tudo pronto, saíram pela porta dos fundos adentrando no matagal. É uma área preservada com cerca de três hectares no coração da Vila. Há muito ar puro, uma brisa relaxante, bastante árvores frutíferas e com uma vista imperdível da paisagem ao derredor.

No ponto certo, o guia força uma parada encarando a dupla dinâmica da série.

"Querem saber sobre minhas visões? Uma parte da resposta está aqui. Por favor, deem-me suas mãos.

Os brasileiros obedeceram formando uma corrente vibratória forte. Luz e trevas os circundaram criando um buraco no espaço-tempo. Há uma perda de consciência instantânea e eles adentram num universo paralelo: O mundo das hipóteses.

"Estudos Secretos"

Era uma vez um nobre, soberano num reino distante. Desde jovem, crescera na mordomia, na fartura e numa relação de autoridade-servidão para com os súditos. Tinha tudo que uma pessoa normal queria ter ao alcance. Entretanto, não era feliz nessa situação. Sentia dentro de si um grande vazio.

Não se sentia bem com os milhões da sua conta bancária nem muito menos com o medo que impunha aos servos. Afinal, não somos iguais perante Deus? Ele se sentia uma pessoa medíocre e desprezível por nunca ter feito o mínimo de esforço para conseguir seus objetivos. Tudo era muito fácil e sem graça.

Chegou um ponto em que não suportava mais aquela situação. Por si mesmo obrigou-se a decidir séria. Certa madrugada, escreveu um bilhete de despedida e abandonou em seguida o palácio. Foi viver numa terra distante onde não tinha apoio nem conhecimento com ninguém.

De modo a sobreviver, neste período, trabalhou como agricultor, faxineiro, pedreiro e cozinheiro. Aprendeu com isso o valor do dinheiro suado, a noção de respeito, a humildade e a dignidade. Ali ele não era o filho do rei. Era simplesmente mais um trabalhador entre tantos. Apesar da situação desfavorável economicamente, sentiu-se pela primeira vez útil a sociedade. Era um homem livre e igual a qualquer outro como Deus o criou. Isso o tornou extremamente feliz.

Hoje em dia, as pessoas se tornaram escravas do "Ter". Acostumaram-se a usar o dinheiro para além das compras essenciais. Usam o poderio financeiro para construir amizades falsas, adquirir bens materiais dispensáveis, ter um companheiro ou companheira tentando se sentir menos só. Deixam de usar sua livre expressão de liberdade e com isso caem no fracasso.

Precisamos aprender a doar-se mais, a parar de correr atrás de dinheiro e acumular obras ao invés de bens. Foi exatamente isso que o nobre percebeu. Ao voltar ao palácio, mudou suas perspectivas de vida. Tornou-se um chefe mais justo e caridoso. O prazer de servir ao outro se torna pleno na justiça.

"O Divino está em mim"

O mundo só tem sentido se tivermos sonhos. São eles que nos guiam no caminho tenebroso da vida. Analice era uma dentre muitas sonhadoras de seu bairro no subúrbio do Rio de Janeiro. Nascida num ambiente hostil e cheio de misérias, acostumou-se desde cedo a pedir a Deus a solução dos seus problemas. Apesar de suas orações sempre serem válidas, não conquistou efetivamente o que queria.

Num momento de fuga, mudou-se para o centro da cidade para trabalhar como empregada doméstica numa casa de família. Concomitantemente, continuava seus estudos. Cada passo nessa direção lhe enchia de orgulho, de expectativa e de esperanças. Saíra duma realidade cruel para também enfrentar uma dura rotina. Porém, agora tinha uma oportunidade.

Ela uma menina bem estudiosa. A cada nota máxima e a cada conquista profissional, sentia-se cada vez mais próxima da felicidade. Formou-se advogada e posteriormente alcançou aprovação no cargo de procuradora federal. Com a influência que tinha, voltou a seu bairro e fundou uma Organização não governamental. O objetivo era ajudar os jovens locais livrando-os das drogas e da criminalidade.

Continuava a rezar e a ser ouvida. Mas acima de tudo aprendeu o poder das atitudes. Por suas obras, ela era divina em suas limitações. Com isso, sentia nela o poder de Deus fluir livremente. Ser instrumento do bem é tão satisfatório que o maior bem era ela que sentia. Isso se chama em verdade "Amor", palavra poderosa com significados diversos. Finalmente, O senhor realizara seus sonhos em sua complexidade.

## "A escolha errada"

Num reino distante, havia um rei bondoso e generoso. Em todas suas coisas, a vontade de Deus prevalecia. Aos bons e fiéis, eram concedidos dádivas e prêmios enquanto aos insensatos sobrava a amargura e a infelicidade. Esta é a consequência da maior lei universal chamada de "Lei do Retorno".

Entretanto, este rei não tinha filhos. Sua esposa era estéril e não lhe concedera esta dádiva. Com a idade avançando, sua única escolha foi escolher dentre seus conselheiros o mais dedicado e fiel para ser seu sucessor. Assim aconteceu. Com sua morte, ascendeu ao trono um jovem promissor, mas inexperiente.

O poder e a riqueza podem transformar o caráter duma pessoa. Foi o que aconteceu com este novo monarca. Adotando leis rígidas, massacrou seu povo durante anos. Isso desencadeou uma revolta. Derrubaram ele do trono, mudaram o regime político e colocaram um popular.

A monarquia deu vez a democracia. Concretamente, mudou pouca coisa. Mas agora a decisão era popular. Poderiam mudar de governante quando quisessem. A corrupção mudara de ótica, mas sempre existiria. Acessível a todos, o poder agora era disputado via eleição. Ganhava quem tivesse o maior apoio popular. De modo a alcançar o objetivo, qualquer estratégia valia. Ao invés da busca do bem público, se busca o bem pessoal. Isso torna a política em geral um câncer na sociedade. Agora, é esperado uma nova revolução que promova uma mudança concreta.

## Um Deus universal

Numa roda de amigos, estavam participando dum debate: um cristão, um índio e um Umbandista. Em dado momento, entram em conflito.

"Para mim, Deus é Javé" Afirmou o cristão.

"Para mim Deus é Tupã" Afirmou o índio.

"Para mim Deus é Oxalá" Replicou o Umbandista.

Nesse momento, uma luz brilhou entre eles pousando no centro da discussão. De dentro da luz saiu uma voz triste dizendo:

"Não usem suas crenças para me dividir. Sou um só. Há muitos caminhos que levam a meu reino. Porém, todos devem estar pautados na caridade e no amor. Nisso reconhecerão meus seguidores. Um dia, no apocalipse, estas diferenças serão aplainadas. Haverá um só rebanho e pastor.

Em seguida, desapareceu. Os presentes se emocionaram e se abraçaram. Prometeram a si mesmos que a amizade deles seria maior que as diferenças.

## A escravidão Social

Vivemos num sistema de hierarquia. Neste contexto, há um processo de escravização velada imposta sobre todos nós. De baixo para cima, daremos exemplos. O trabalhador é escravo da necessidade e do patrão. O patrão é escravo dos impostos. Os impostos alimentam as regalias dos políticos corruptos. O resultado disso é injustiça social. Esse câncer da sociedade provavelmente existirá ao logo dos tempos.

Em contrapartida, o reino de Deus é feito sobre uma nova ótica. Apesar de existir hierarquia, esta não é absoluta. Somos livres e donos dos nossos próprios atos. Consequentemente, pagaremos pelos eventuais erros cometidos.

Somos nossos próprios juízes e mestres. No mundo espiritual, viveremos em colônias adequadas às vibrações de nossos pensamentos. Não receberemos nem mais, nem menos pelas nossas obras. Receberemos o justo. Portanto, tente mudar enquanto é tempo. Você deve perdoar a si mesmo corrigindo seus atos falhos. Depois, entregue-se ao pai como seu instrumento. Sua vida dará um salto de qualidade fantástico. Só assim você será feliz.

## O trabalho do Injusto

Heiki era um empresário de sucesso. Ao longo dos anos, construiu um patrimônio invejável a custo de muito trabalho. Perdeu a conta das vezes em que ficara até tarde na empresa fazendo balanços. Tudo em sua vida girava em torno das responsabilidades e não sabia pensar em outra coisa a não ser em trabalhar.

Com a família, mantinha um relacionamento distante e burocrático. Para ele, bastava suprir as necessidades materiais que estava tudo certo. Já não sabia o que era um abraço, um carinho, um almoço em família. Tudo o que queria era ser o mais rico independentemente das consequências.

Mal sabia ele que portava uma doença mortal. Quando o problema apresentou sintomas, procurou um médico. Após fazer os exames, foi desenganado pelos médicos. Foi aí que ele entrou em desespero. E agora? Do que adiantava ter milhões na conta bancária se ele mesmo não aproveitara a vida nem ajudara o próximo? Chorou incessantemente lamentando seu destino. Pouco tempo depois, entregou sua alma.

Em vez de paz, achou tormento no mundo espiritual. Não podia culpar ninguém. Isso foi fruto de suas escolhas. Por isso caro leitor, prefira ter obras do que dinheiro. É isso que você levará para sua eternidade: os bons momentos e as obras. Se você está ainda na mesma situação deste empresário, repense suas escolhas enquanto ainda tem tempo de vida. Deus não quer perder você.

## Os vários desertos

Deserto é sinônimo de solidão, escassez e privação. Assim que nascemos, o primeiro contato social obtido é com os entes familiares. Este primeiro contato é muito importante para o indivíduo influenciando sua vida inteira. Bem diz o ditado que "A educação vem de berço".

Depois da família, a escola e posteriormente o trabalho são ambientes em que passamos a maior parte do tempo. Do fruto destas relações, consolida-se o caráter da pessoa. As boas experiências acrescentam e as más experiências nos corrigem. Isso se reflete no modo em que enfrentamos a vida e analisamos as pessoas em geral. Vamos a um exemplo.

Firmino acabara de entrar no seu primeiro emprego. Jovem dedicado, focara suas atenções especiais no campo profissional. Isso o levou a priorizar os estudos e as relações familiares. Em verdade, pouco sabia sobre as relações exteriores. O mundo lá fora e seus problemas eram ainda estranhos para um jovem acostumado com o meio familiar.

Resultado: Começou a enfrentar problemas de entrosamento. Num meio profissional, assim que surgiam dúvidas, suas opiniões divergiam da dos colegas. Nesta hora, começavam os problemas. Ele se questionava sobre sua capacidade, seu carisma e seu poder de análise. Ainda que os outros estivessem errados em suas posições, eles não reconheciam isso.

A saída era ceder ao pensamento da maioria. Mesmo que isso prejudicasse o cliente, era sempre assim que acontecia. Essa sensação de impotência tomava conta dele provocando estresse, depressão e culpa. Sozinho, pensou em até abandonar o emprego. Era covarde. Nunca que deixaria suas regalias devido aos problemas dos outros. Tinha que ser um forte e seguir com expectativas melhores. E o ciclo se reiniciava diversas vezes.

Aquele tipo de equilíbrio espiritual e emocional ninguém lhe ensinara. A vida o obrigou a se adequar. Lidar diariamente com expectativas e pessoas, é sempre complicado. Nem sempre conseguia atingir uma sensação de dever cumprido. Conquanto, tinha certeza dos seus esforços e do merecimento. Diariamente, recebia elogios em sua repartição dos seus bons empréstimos. Isso acalentava seu coração ferido. Um coração puro e cheio de esperanças num mundo melhor.

O Rei e o Súdito

Havia, num reino distante, um monarca muito rico. Sua riqueza provinha dos impostos dos trabalhadores, pago mensalmente. As taxas impostas chegavam a cinquenta por cento dos rendimentos do trabalho. Ou seja, era uma escravidão velada em nome da monarquia.

Pessoalmente, fiscalizava a cobrança dos recursos. Quem não conseguia pagar era sumariamente castigado. Com isso, a revolta entre o povo crescia. Em contraponto a isso, mantinha uma estrutura de apoio muito forte entre os comerciantes, os fazendeiros e os pecuaristas. Isso lhe dava um fôlego administrativo.

Certa vez, um profeta deixou de recolher aos cofres a contribuição mensal por três meses. Naquela época, eram muito estimados e respeitados por sua capacidade espiritual. Isso obrigou ao rei fazer-lhe uma visita.

Acompanho de guardas, a autoridade se deslocou até o subúrbio do reino. Em frente a uma casa de madeira cheia de cupim, o choque de realidade causou-lhe mal-estar. Como alguém pode viver em tamanha miséria? Não era um profeta cheio de seguidores da elite? Por que viver daquela maneira? Não encontrava uma explicação lógica para isso.

Precisava de respostas urgentemente. Convicto disso, bate seguidamente na porta até escutar barulho de passos. A pausa entre uma atividade e outra, serve para respirar um pouco, soltar um gás intestinal discretamente, ajeitar a roupa, desembaraçar o cabelo e contar até três. Com a abertura da porta, fica frente a frente com o velhaco.

Analisando-o de cima a baixo, considerou que não passava dum pobre coitado. Entretanto, seu coração permanecia endurecido.

"A que devo a honra de tão ilustre visita? "Indagou Ariquemes, o profeta.

"Deixe-me entrar, por favor. Já explicarei" Solicitou Urias, o Rei.

"Sim, claro. Pode entrar" convidou o pobre.

A dupla adentrou no vão único. O anfitrião ofereceu o único tamborete disponível e seu oponente aceitou. Começaram a então o diálogo.

"Há quanto tempo você mora nesse casebre?

"Desde sempre. Nasci aqui amparado por pais humildes, mas muito espirituosos. Com eles, aprendi a ser o homem que sou hoje.

"Não entendo. Sua fama estende por todo o reino. Por que não é muito rico?

"Sim, eu poderia ser muito rico. Contudo,

não me interessa. Minha felicidade nunca estará no vil metal. Está nas boas obras que faço.

"Não entendo. Não me vejo feliz sem minha riqueza.

"Será? E quando está doente? De que serve ter tanto dinheiro? Não se sente só?

O governante ficou petrificado. Será que estavam lendo sua mente? Em verdade, apesar de toda riqueza, se sentia muito sozinho e desprotegido. Isso lhe fazia refletir sobre sua atitude agora.

"Não me confunda, profeta! Você deve saber porque estou aqui. Quero meu dinheiro ou será açoitado.

"Não precisa se arriscar tanto. Recebi hoje um trocado que alguém me devia. Eis aqui seu dinheiro.

O homem de Deus estendeu a mão e entregou algumas notas.

"Prometo não atrasar mais. Deve ser constrangedor o senhor sair do seu palácio e vir aqui nessa pobre cabana.

"Ainda bem! Fique em paz.

"Desejo o mesmo.

A autoridade se dirigiu a saída envergonhado. Ultrapassando a porta, juntou-se aos subalternos iniciando a viagem de volta ao palácio. Continuaria na sua vida sempre apesar da lição recebida.

Um mês depois, Urias ficou bem doente. Consultou-se com vários médicos, mas não achou solução. Como última saída, lhe indicaram o profeta.

Carregado numa rede, levaram o moribundo até o barraco de Ariquemes. Os servos o chamaram e ele pôs-se a caminho. Ao se aproximar do rei, ele balançou a cabeça pensativo.

"O que eu disse? Vale mais seu dinheiro agora ou sua saúde?

"Minha saúde, me perdoa.

"Eu não tenho que perdoar nada. Sou um ser humano também com defeitos. Peça perdão a Deus. Ele me confidenciou uma oportunidade. Vou te curar. Mas se você continuar com as mesmas atitudes, então sua perdição será completa. A decisão está nas suas mãos.

O homem de Deus colocou seu polegar sobre a testa do moribundo. Instantaneamente, ele se sentiu melhor conseguindo se levantar. Em sequência, se abraçaram emocionados. É como diz o ditado: "Quando o ser humano não aprende pelo amor, aprende pela dor".

A partir daquele dia, finalmente as coisas mudaram. O dinheiro arrecadado dos impostos arrecadado durante anos serviu como orçamento para várias obras no reino. Ele se compadecia especialmente dos mais pobres. Houve mais justiça, mais alegria e felicidade em suas relações. Olhando para o futuro, se comprometia cada vez mais com o bem. Como merecimento de suas boas ações, viveu ainda muitos anos junto ao seu povo. Fica a lição: "Não importa seu passado. Deus sempre espera sua conversão para poder realizar prodígios em sua vida. Com esta atitude, ele mostra o verdadeiro amor de pai.

Final

www.ingramcontent.com/pod-product-compliance
Lightning Source LLC
LaVergne TN
LVHW020447080526
838202LV00055B/5375